U0015138

超獄

1 從心開始的巔峰之旅

莊河源 著

山，就在那裡讓生命學習

阮光民（漫畫家）

　　臺灣喜歡登山的人並不少，但是，似乎沒有以登山為題材的漫畫。

　　河源老師是漫畫界的前輩，在我當助手時已經出道發表作品，曾在幾次會議交流中見面。溫文儒雅的他，讓我很難跟喜愛戶外活動或登山做連結。

　　我記得去年他在漫畫基地舉辦《超嶽》的漫畫成果展，辦了幾場關於這本漫畫的座談。我認為最棒的漫畫，是漫畫創作者將自己生命中所經歷的、所體悟的心得經過淬煉後畫出來。我確實可以從漫畫裡讀到老師一步一步的那種踏實感，即使我爬山的經驗少之又少，不過透過作品也得到共鳴。

　　漫畫是一幀幀的幻燈片領人進入世界，它比文字敘述更讓人確定我身處哪裡，以及眼前面對的是什麼樣的光景。這是漫畫獨有的、很奇妙的、魔幻的魅力。

　　我很喜歡漫畫裡的兩段文字，「登上百岳不是我們征服了

山，而是山神允許我們到此一遊。」及「在登山的過程中，雖然是一群人一起走，但沒有人能夠幫你走完全程。每個人都只能靠著自己的雙腳，一步一腳印，往前邁進。」雖然是描寫登山的心境，卻是生命歷程的哲理。人存在於大自然是為了學習，但人往往以為是萬物之靈而想改變自然，可是在大自然的眼中，所有生命都只是過客。

看漫畫時，我回想自己的爬山記憶，記得是為了要去看日出，天未亮，一群人穿梭山裡小徑，猶如蒙著眼的細胞遊走在山的綠色血脈裡，你可以感受到自己跟周遭所有生命共存。祂滋養生命也埋葬生命，祂並沒有故意讓生命害怕敬畏，祂是靜靜的躺在那裡讓生命學習。

我不是愛登山的人，但我從這本漫畫中，獲得了作者想傳達的哲思。

名家推薦

　　很開心看到一位漫畫家開始登山之後愛上山，除了自我超越之外，甚至希望能將山區的美景和登山的好處，以漫畫的方式分享更多人，更希望吸引年輕族群。

　　看到本書中手繪的山林美景，特別是臺灣冷杉森林的高聳壯觀，非親眼目睹絕對無法感受，但是，登山前請務必做好功課與登山準備，包括裝備、體能訓練、登山知識與技術等，才能上山好好享受一切。

　　登山是與自我的挑戰，並非與他人比賽競技，最重要的是，切記，平安下山才有下一座山。

——江秀真（登山女傑／登山教育家）

臺灣得天獨厚的地形，讓人只消一天半天的車程，就能從都市將己身投入群峰。因此一部以登山為主題的本土漫畫翩然問世，實在是眾望所歸！

　　此書讓人感受到作者面對崇山峻嶺的滿腔熱愛與熱血，背後是長年經驗所堆砌出來的扎實歷程。書中用了比一般漫畫更多的文字傳達登山相關的知識，若肯放慢步調細細品嘗，就會明白作者想提醒大家登山前該有的觀念與充足準備，其用心是多麼真切。如同循著踏實腳步一階一階登頂，這也會是值得一頁一頁品味的好書。

──咖哩東（漫畫家）

在輕鬆流暢的閱讀之中，能感受到登山者對山林的愛好。從小隨著爺爺奶奶生活在阿里山深山的我，在讀《超嶽》時似乎能感受到山林的氣息。

　　此外，這本書也讓人獲知許多登山安全的知識，並且巧妙的安排在劇情中，看似輕描淡寫，卻對登山裝備、飲食、衣著等方面都有相當的考究與琢磨。在看故事的同時被臺灣百岳美景吸引，也想去造訪這些壯麗的景點！

──葉長青（插畫家）

以漫畫，傳遞山給我的感動

　　《超嶽》終於出書了！距離我上一本漫畫出版，已經相隔22年。在1998年由時報出版《康康的日記》後，我便轉換跑道去畫兒童插畫，但一樣是我喜愛的工作。

　　這一畫就十幾年過去，儘管如此，體內仍然留著漫畫人的血液。2017年，敖幼祥老師號召幾位漫畫家，每個人畫一篇14頁短篇漫畫。我當時把以前創作的漫畫拿來改編，原本在公園的男女主角戲份，改成水漾森林的山中場景，篇名是〈FIRST LOVE〉，雖然出書計畫告吹，但這篇彩色漫畫可以算是為很久沒畫漫畫的我做了熱身。

　　後來有一天，一位漫畫家好友突然問我說：「你有在爬山，為何不畫登山的漫畫？」被這樣一問，我開始思考自己爬山有十年了，怎麼從沒想過要畫山呢？過沒多久，機會來了！

　　2019年，文化部舉辦漫畫基地的進駐計畫，我便開始構思關於登山的故事，準備提案參加審核。我心想：要畫就畫百岳，不同高度的風景才顯得特別，因此以攀登臺灣百岳為主題的「超岳」作為提案，並請漫畫家好友練任為書名題字，但他覺得用「嶽」這個字會更顯霸氣，於是就定名為「超嶽」。也

很榮幸提案通過審核，入選進駐漫畫基地。

畢竟臺灣還沒有漫畫家畫過以登山為題材的漫畫，這也成為我作品的優勢。進駐基地期間，我回到當兵前的上班日常，每天早上十點簽到，畫到晚上六點下班，回家還繼續畫，並在兩個月後舉辦了成果展。同時間，文化部正在徵選原創漫畫出版補助計畫，我也立馬以此提案並順利通過審核，真的很開心。將近一年的努力繪製，終於集結成現在各位讀者手上的這本書！

感謝文化部對於原創漫畫不餘遺力的催生，讓我有機會畫出我想創作的題材，並感謝遠流出版公司，願意協助編輯、出版與發行，使這本登山漫畫大大加分！作畫過程中，感謝漫畫家好友練任和蝗蟲給予畫面和故事的指正與建議。

為了讓登山漫畫更加有趣，我將認識的一些山友畫進山屋場景中，希望能勾起山友們的回憶與感動。我也希望有更多讀者看到並喜歡這本書，透過主角們的帶領，讓大家在紙上遨遊五座百岳美景，也能吸收到正確的登山觀念和山林知識。如果能夠讓大家因此願意親近山林，感受百岳美景的無窮魅力，就是我出版這本書最大的期盼與收穫！

9

超嶽

主要人物介紹

張揚

大學登山社員，性情直
爽，愛開玩笑，是李岳
登山時的好夥伴。

梅大智

大學登山社員，憨厚
實在，愛吃好料。大
學時與李岳、張揚是
好麻吉。

林喬依

大學登山社員，畢業後留
學加拿大，剛回國，性格
溫婉，喜歡植物，大學時
與李岳交往。

李岳

大學登山社長，畢業後當
完兵從事廣告設計工作。
對登山充滿熱忱，期待未
來能登遍百岳。

劉心歆

大學登山社員。個性
開朗大方，大學時就
對李岳有好感，也是
常一起登山的夥伴。

第一話

挑戰東北亞之巔──玉山

玉山登山路線圖

東埔山莊

塔塔加遊客中心

往水里

台21線

往八通關

玉山北峰

玉山主峰

排雲管制站

大鐵杉

塔塔加登山口

玉山前峰

玉山西峰

台18線

麟趾山

孟祿亭

風口

往阿里山

往鹿林山莊

楠溪林道

西峰觀景台

排雲山莊

往圓峰山屋

17

八年前在金瓜石劍龍稜發生那件事，即使在夢中還是嚇出我一身汗。當時太小看郊山了，無論爬哪種山都該小心點才對⋯⋯

哇啊～快遲到了！

我是李岳，大學時參加登山社並擔任社長，可惜畢業以後都忙於工作，沒有繼續爬山。但⋯⋯好想念當時的夥伴啊⋯⋯

張揚、梅大智、劉心歆⋯⋯不知道他們都好嗎？

五年了……不知道依依現在怎樣？

咦？那個人好像劉心歆喔……

沒那麼巧吧！

只是背影像……

李岳！真的是你！

劉心歆！也太巧！

好久不見啊哈哈！

不好意思，剛剛太激動了……

哈，真的很久不見啊！

劉心歆、梅大智、張揚和林喬依，我們五個是登山社的重要夥伴。

連這樣都能巧遇，或許正是山在呼喚我們吧！

SUNLIGHT COFFEE

好耶！我也想去爬玉山！

你還要找誰去？

張揚和梅大智吧！

……

你不找……依依嗎？

……

嗯……

她畢業後去加拿大念書，我們就沒聯絡了……

怎麼會？!

畢業之後有
些事……

不聊這些
了……

反正大家
現在還是都好
好的吧！

喔……

這次或許就
是我的機會。

玉山社時一直很想
去爬玉山，結果都
沒機會排到，既然
遇到了劉心歆，就
每把夥伴們找回來
一起爬山吧。
可是……梅大智和
長揚是怎樣？居然
都不回應這件事！

這次去玉山，
只好和心歆一
起去了！

以前在山社
不是一找就
走的嗎？出
了社會後就
變得這麼難
約？唉……

塔塔加登山口

哇～你看，
天空好藍喔！

哈！我們的
運氣不錯喔！

你沒帶登山杖嗎？

啊慘了！
我掉在高鐵
上了……

忘東忘西倒是沒變啊！這樣很麻煩呢！

啊～～真的很對不起啦！

我帶了兩支，你拿一支去用吧！

謝謝李岳，你人真好！

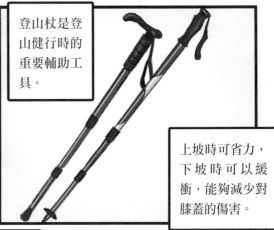

登山杖是登山健行時的重要輔助工具。

上坡時可省力，下坡時可以緩衝，能夠減少對膝蓋的傷害。

我們已經久久沒爬山了，準備工作一定要提早開始，並確認細節。

是是，社長說的是……

在出發前，務必詳細謹慎的確認好裝備。

遮陽帽、太陽眼鏡、防寒帽、頭巾……

穿衣三原則：一、穿一套，備一套。二、洋蔥式穿法。三、不穿棉質衣褲。

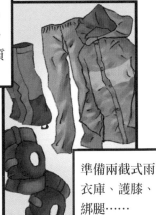

準備兩截式雨衣庫、護膝、綁腿……

高筒登山鞋、登山杖、頭燈、手套……

水壺、保溫瓶、環保餐具、垃圾袋、行動糧……

也因個人狀況與習慣的不同，裝備會有些不同。在準備時也要考慮周全。

21

在東埔山莊過了一夜，本來以為其他人會晚點到，沒想到還是沒來……

大家對登山失去熱度了嗎？

哇～好開心唷！

……

李岳，怎麼了？

沒事沒事！我們走吧！

看到山巒層層疊疊，心情好多了。玉山，我來了！

喔，可以和李岳單獨相處呢！呵呵！

阿岳！等一下啦！！！

22

我們是登山社的好
夥伴耶，當然要一
起挑戰玉山啊！

張揚！
梅大智！

呃……
林喬依！

哈哈！我們想給社長大人一個驚喜啦！

我還以為你們不來了呢！

前陣子我在東區巧遇依依，就找她一起來了。

嗨！好久不見……

嗯，好久不見……

居然這樣見面了！

……

好耶！我們登山社五人組全員到齊！

哈囉，心歆！

喔耶！

哈哈！心歆你一點都沒變！

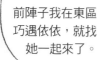

嗒咚！！

張揚居然給我來這招！
真好，登山社五人組全員到齊。沒想到依依也來了，我們有五年沒見了……

你們最近有在爬山嗎？

工作太忙了，只有偶爾去郊山走走……

我都爬枕頭山哩！

你還在加拿大念書嗎？

我畢業了，前陣子剛回臺灣……

大夥這樣邊爬山邊聊天，彷彿回到了大學那段時光……

孟祿亭

大家休息一下！

這是什麼花？

玉山佛甲草

我記得依依很喜歡花草植物。

高山的花草很迷人啊！

玉山小蘗

高山沙參

玉山龍膽

依依……還是和大學時一樣嗎？

來來來，大家來背一下「五嶽三尖一奇」！

我先來！中嶽是玉山！

西嶽：
雪山！

南嶽：
北大武
山！

北嶽：
南湖大山

東嶽應該是
秀姑巒山吧！

阿岳還是
很厲害嘛！

啊……
三尖呢？

中央尖山

大霸尖山

還有
一尖……

哇哉！

梅大智
你說！

達芬尖山

大智
好棒棒！！

咱咱

我有谷歌
大神啦！

「一奇」讓我來回答。

就是奇萊北峰！

張揚好強！

真令人崇拜啊！

還是谷歌最讚啦！

休息一下，喝點水，大夥繼續前進。

咔喀

我們到玉山前峰的指示牌了！

玉山主峰直走，玉山前峰往左！

離排雲山莊還有6.5公里。

6.5 排雲

2.0 塔塔加

依依會累嗎？

嗯，目前還可以……

下次有機會再來挑戰前峰吧！

我在加拿大時也會和同學去爬山……

真的？

加拿大的山應該比臺灣的美吧？

各有各的特色呢！

我在IG上有位加拿大山友說，臺灣的山比較美……

……

是喔…

喂，李岳和依依以前不是很要好嗎？怎麼現在感覺有點尷尬啊？

木棧橋

依依畢業後就去加拿大了,可能遠距離戀愛真的不容易。

嗯嗯,讓我們繼續看下去吧!

這邊有落石,小心點……

你有沒有怎麼樣？

我……沒事……

依依！

好險阿岳反應快……

大家趕快離開這裡！

落石區不能逗留，快走！

3.5→排雲

5.0

塔塔加

白木林

來到白木林涼亭。大家休息一下吃午餐。

在山上吃泡麵最過癮了！

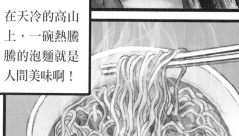

在天冷的高山上，一碗熱騰騰的泡麵就是人間美味啊！

哇～～是金翼白眉！

完全不怕生哩！

咔嚓

來吃點水果。

讚喔～

謝啦！

謝謝。

你愛吃的……

來來來，先幫
你們拍張照！

……

中午12點半
，繼續前往
排雲山莊。

*
頭帶：專指可以綁在肩帶固定帶上的背負頭帶，用以協助分擔背包重量，減少肩膀負擔。

途中遇見幾位布
農族朋友，他們
用頭帶*背負登
山客的糧食到排
雲山莊。

真辛苦啊！

好厲害
喔……

看著他們的
背影，真的
很令人佩服
與感謝……

超嶽知識補充站

登山裝備的行前準備

剛開始想接觸登山運動，卻被一堆裝備搞得眼花撩亂嗎？別擔心，我們就先來認識一些登山時一定要準備到的物品吧！每個人的身體狀況、登山行程安排或天候等等都不相同，在準備裝備之前，建議多上網搜尋相關資料並詢問專業意見，才能讓用品發揮最大的功能喔。

背包

大致上分三種：小背包（小於40L）、中背包（40-60L）、大背包（大於60L）。一般高山行程會依照天數選擇中或大的登山用背包，並以好收放的小背包做為攻頂包搭配使用。小背包則是當天可來回的行程使用。此外，還需準備背包套，以防水防髒。雨天時，即使用了背包套也有進水的可能，所有物品最好都裝進大塑膠袋中以防萬一。

小背包（單日健行或
攻頂專用）

中背包（適合行程
天數較少）

大背包（內裡可裝
大塑膠袋防水）

登山鞋與登山杖

登高山因行程天數較長，最好穿中高筒登山鞋，才能有效保護並固定腳踝，以免受傷。且因臺灣氣候多雨，建議選擇有防水功能的鞋子。一般登山鞋底較硬，需搭配穿著有厚度且高於鞋筒的羊毛襪或羊毛聚纖混紡襪，避免穿棉襪，穿一雙帶一雙。

登山杖相當於登山時的第二雙腿，正確使用可減少腿部的衝擊力。材質以碳纖維和鋁合金較常見，碳纖維較輕巧但價格較高，鋁合金的較重但便宜，相對較堅韌。

登山鞋

毛襪   登山杖

服裝衣著

上身以洋蔥式穿法為原則。內層排汗衣，中層可穿吸溼排汗的刷毛衣或外套，外層則可穿防風雨的外套。高山低溫狀態可準備羽毛衣保暖。下著建議穿快乾的運動褲或休閒褲，並可多備一件保暖褲以防高山低溫。

登高山的衣著重點是切忌棉質衣物，因為溼掉後不易乾且失去保暖作用。也要多準備一套乾淨衣物供替換。

務必準備兩截式雨衣雨褲，方便行進並可防水防風。

在山上，頭部的防護很重要，可以準備毛帽與多功能頭巾保暖，或準備遮陽帽防曬。

裡層排汗衣

中層刷毛或羽絨
保暖衣（外套）

外層防水風衣

遮陽帽與保暖頭巾

務必準備衣褲分開的兩截式雨衣。

急救藥品與行進糧

可準備醫藥急救盒或急救包，內含彈性繃帶、OK繃與外傷藥，另外依據自身狀況準備個人緊急用藥。

可以準備一些高熱量好攜帶的零食如巧克力、堅果、能量棒等，在行進途中補充熱量。

上山前先備妥登山急救包。

隨身行動糧可挑選高熱量好攜帶的零食。

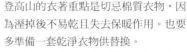

這裡只是大略介紹一下主要的裝備，大家要上山前務必先做好功課，再出發喔！

接著我們進入了高聳直立的冷杉林中，陽光從樹縫間灑落……

啊～～空氣好清新。

走在這裡好舒服啊！

冷杉是臺灣高山地區的主要樹種，多分布在海拔2500～3800公尺左右，形成冷杉林帶。

大峭壁到了！又高又陡峭的岩壁矗立在眼前，景象非常壯觀……

排雲山莊在玉山主峰西坡下方，是登玉山群峰的重要基地。

總算到了！

我第一次到排雲呢！

哇～～

你們看！這裡海拔3402公尺！

先來睡一下。

太久沒運動，好累！

明天早上凌晨3點起床喔！

啊啊！也太早了吧！

要這麼早才來得及去玉山主峰看日出喔！

吃完晚餐就
早早睡!

哈哈,
很好!

聽起來真棒,
好令人期待。

我從來沒這麼
早睡耶～

PM17:37
晚餐時間

能在高山上吃到這樣
豐盛的晚餐,是一種
幸福……

這又讓我想
起那些辛苦
的布農族朋
友了……

哈哈!這
次是大家
的第幾座
百岳啊?

我是第一
座!

我也是。

我到過石
門山哈哈!

我也是第一座。其實大學畢業當完兵後就投入職場，廣告設計工作太忙了……

哈哈，大家都一樣啦！來幫大家複習一下，臺灣超過三千公尺的高山有幾座？

不能用谷歌喔……

為什麼……畢業之後都不跟我聯絡呢？

大學時沒去成，畢業後就更難了……

……

這樣看著李岳是……？

請搶答！

……

誰知道啦！

猜猜看！

200座！

錯！

260！

不對！

吼！
猜不到啦！
你直接講比
較快……

……

這幾年……
到底發生什麼
事？

……？

好無聊～都
沒人猜到！

五年前
畢業前夕

……

今天是依依
生日，來給他
個驚喜！

我吃飽了！

......

喂～～你焢肉都
沒吃耶！讓我來
幫你解決哈哈！

你怎麼吃
那麼少？

哇～～有超過268座這麼多啊！真的假的？

阿岳居然記得這麼清楚，好威啊！

滿天的星星……

大三升大四的暑假，水漾森林露營

夜空好美啊……

......

我……

李岳！！

呃……

我的頭……
突然好痛……

心歆怎麼了？！

會不會是高山症？

是因為我嗎？

可是我有吃丹木斯了……

先扶她回去休息吧。

PM03：05
鬧鐘響，起床時間

唔……

起床了！

嗯……

心歆，起床囉……

好的！

頭還痛嗎？

要登頂了。
不要勉強喔。

讚啦，看起來
真的好了！

呃啊……
比我還有
精神啊！

哈哈！我現在
精神百倍！

睡了一覺，
全好了。

……

昨晚看得睡得
很熟……

哈哈，
是啊……

好，準備
一下，要
出發了！

啊，我登頂是
要帶這個大背
包嗎？

不用背大背包，用一般小背包就可以了。

可是……我沒有小背包耶……

那你就把大背包裡不需要用的東西先放房間。

好，這樣輕鬆多了！

雖然是夏天，但凌晨高山氣溫只有十度，頭部的保暖很重要。簡單吃過早餐，整理好裝備……

早啊！

早！

出發！！

在山徑上，山友們的頭燈清晰可見，形成了一條長長的人龍。

AM03：40
往玉山：
2.4公里

凌晨的氣溫很低，往上爬感覺更喘……

我肚子餓了耶……

大家加油,前面就是風口了!

快到了!大家再堅持一下!

AM04：30

風口的風既強又冷,在此必須步步為營……

風……很大……大家小心……

快抓住
繩子！！

謝謝……
謝謝大家！

剛才……
好險……

AM04：58
天色漸亮，即
將看到日出。

剩下兩百
公尺！

快到了！

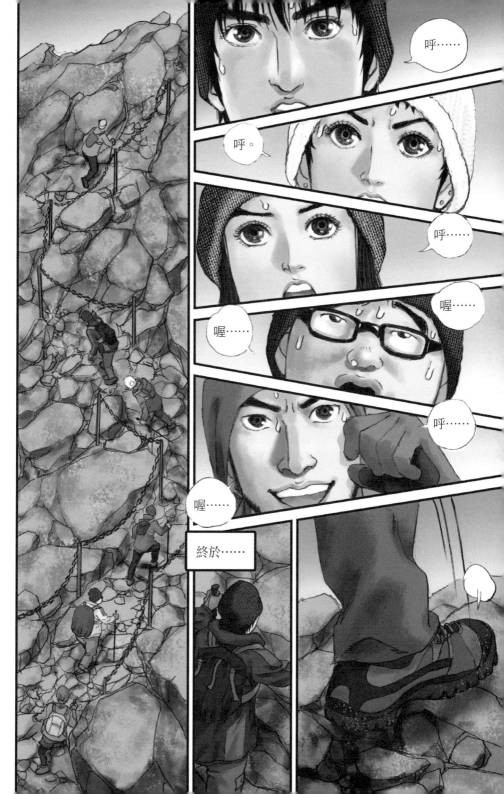

我們……踏上了臺灣最高峰,海拔3952公尺的玉山主峰……

終於,我的人生新成就解鎖!

我們登頂成功了!!

而玉山最美麗的日出,也在此時揭開了序幕……

64

阿岳，你跟依依來拍照！

......

壯闊綿延的山巒層層疊疊，唯有站在這樣的高度，才能夠欣賞到如此壯麗的山景……

有想做的事、想完成的夢想，就趁著還想時快去追吧！而我前進百岳的登山大夢，才剛剛開始……

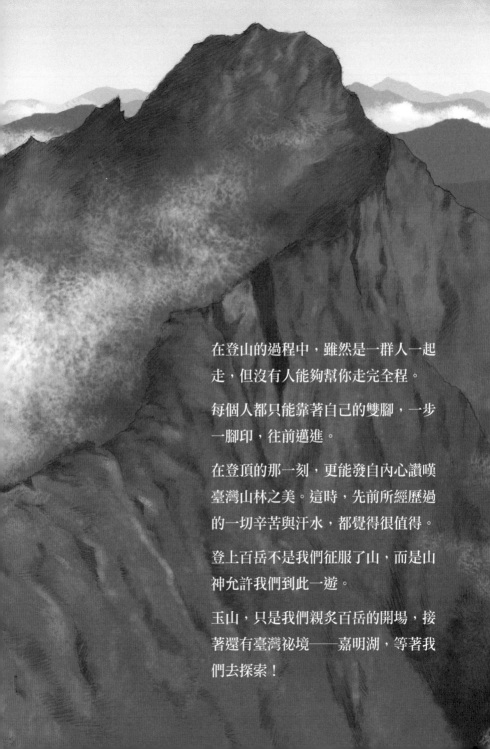

在登山的過程中，雖然是一群人一起走，但沒有人能夠幫你走完全程。

每個人都只能靠著自己的雙腳，一步一腳印，往前邁進。

在登頂的那一刻，更能發自內心讚嘆臺灣山林之美。這時，先前所經歷過的一切辛苦與汗水，都覺得很值得。

登上百岳不是我們征服了山，而是山神允許我們到此一遊。

玉山，只是我們親炙百岳的開場，接著還有臺灣祕境──嘉明湖，等著我們去探索！

很久很久以前，天上有兩個太陽，讓大家都熱到受不了⋯⋯

一位布農族勇士射下其中一個太陽。

被射下的太陽變成了月亮。

月亮每個晚上都會回來，照一照自己被射到的傷口⋯⋯

那一面映照月亮的鏡子，就是CIDANUMAS BUAN（嘉明湖）。

第二話

遇見，天使的眼淚──嘉明湖

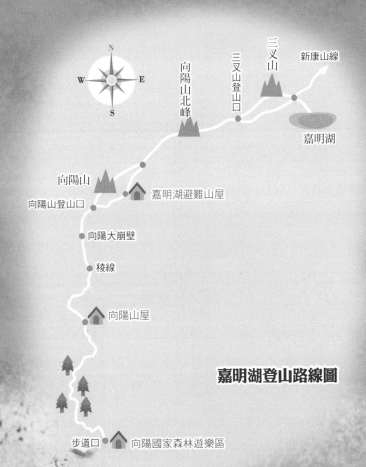

嘉明湖登山路線圖

四天三夜的嘉明湖行程總算到來。
我們除了探訪祕境嘉明湖之外，還要去撿兩顆百岳：向陽山與三叉山。

在路上有可能會遇到一些野生動物……

例如臺灣黑熊、水鹿等等，遇到時要謹慎小心一點……

這是之前臺灣黑熊咬過的廚餘桶，吃的東西要收好。

森林遊樂區解說員詳細介紹了注意事項。我們也一起響應林務局發起的一人一公斤背土上山的活動，協助填補土石流失的山溝與林道。

我帶了五公斤土！

準備好就出發！

登山杖我有帶！

OK！

出發！
GO！

哇～地上好軟。

這是二葉松的松針！

聽到了像下雨一樣的聲音呢～

那是松濤。松樹林被風一吹就會有這樣的聲音……

沿路都有指示牌。

1.5公里的觀景臺到了！

休息一下！

哈哈～這邊的視野真棒！

真的好遼闊喔～

玉山薊

這是什麼植物啊？

好像千元大鈔上面的圖案耶～

這是玉山薊，和千元鈔上面的不一樣喔。鈔票上的是臺灣特有植物——塔塔加薊。

塔塔加薊

潺潺的溪水聲，聽了讓人身心舒暢啊！

看到溪流就表示山屋要到囉！

喔耶！向陽山屋終於到了！

哈哈！山屋好熱鬧喔！

注意！熊出沒
Watch out for bears.
務必妥善處理垃圾及廚餘
請注意安全，結伴同行
Please dispose of trash and scraps properly!
Be careful! Go in group!

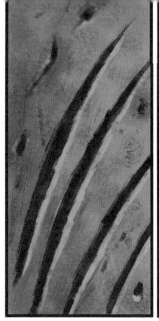

這是熊的
爪痕……

哇!爪痕
很深啊!

真的
耶……

之前看新聞報導
過有人在向陽山
屋的廚房親眼見
到臺灣黑熊。

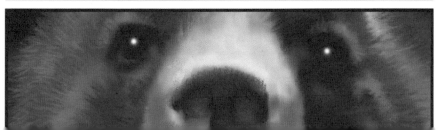

阿岳，明天早上幾點出發？

七點起床吃早餐，八點半出發！

不用像其他山友那麼早起床，哈哈……

啊！臺灣黑熊在哪？怎麼沒看到？

張揚閉嘴啦！討厭！

我其實不想遇到耶！

但是……有
李岳在……

我就
不怕了……

心歆～

吼！才不要咧！
很煩耶你～

我也可以
保護你唷！

李岳這樣的
反應，是對心歆
感到很困擾嗎？

剛剛是看到
黑熊了嗎？

阿岳，你的臉
色怪怪的……

哪有啦！

還是別說吧，
以免引起大
家恐慌……

哈哈！
精神飽滿！

啊倒出來才這
樣一點……

一點成就感
都沒有……

居然有人亂丟果皮和垃圾！太沒公德心了！

喔耶，無痕山林*唷！

我們一起把這些垃圾帶走好了。

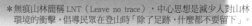

*無痕山林簡稱 LNT（Leave no trace），中心思想是減少人對山林環境的衝擊，倡導民眾在登山時「除了足跡，什麼都不要留下」。

又是陡上……

呼……

呼……

左邊是向陽山，遠方就是三叉山。

是向陽名樹！！

終於到稜線了！

在往向陽山的步道上，有一株玉山圓柏，因為樹形奇趣優美，被山友封為『向陽名樹』。

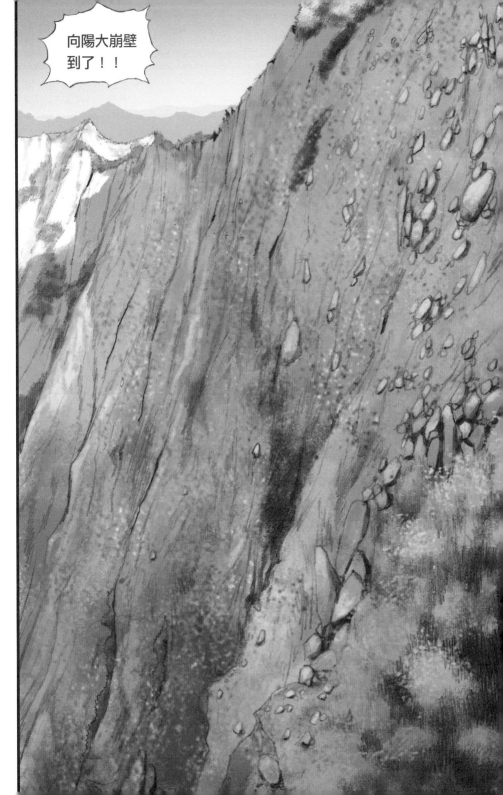

準備卸下背包，輕裝上向陽山。

先喝個水再說……

等一下帶午餐上山。

走吧！往向陽山前進！

輕裝真是輕鬆！

心歆……

這裡比較
不好走……

……

嗯嗯……

到了到了!
登頂成功!
又一顆百岳
喔耶!

向陽山
(3603M)

氣勢萬千的雲海景致，讓人目不暇給。

這裡看得到玉山耶！好棒！

我買的小番茄很甜喔！吃吃看！

真的滿甜的，謝謝心歆。

好啊！

來，這你喜歡吃的。

謝謝。

嗯，真的很甜耶……

看到你開心，我就開心……

……

登山的體能與健康

登山是一種需要使用到全身肌肉的運動，長時間的上下坡對體力與肌耐力是很大的考驗，在出發前要先做好鍛鍊，及早排定訓練規劃。登山的同時也要隨時留意自身的健康狀態，有狀況時才能及時反應喔！

行前體能訓練

最好能在登山前一、兩個月開始體能訓練計畫。登山時特別需要使用到大腿與小腿肌肉，建議可以固定練習深蹲或其他訓練大小腿肌肉群的運動，另外再搭配一些全身肌群的訓練。

針對肺活量增加的訓練，可以透過慢跑或游泳這類運動，每週2-3次。慢跑建議要練習到持續輕鬆跑三到五公里；游泳最好能每次持續30分鐘以上。

登山時需要的肌耐力比慢跑時更大，爬樓梯也是很好的訓練方式。同時可搭配負重訓練，循序漸進增加背包重量。

建議選擇有電梯的大樓作訓練，以上樓訓練為主，下樓時搭電梯，以免膝蓋過度使用而受傷。

深蹲

慢跑

游泳

背著背包爬樓梯

高山症與高度適應

高山因為空氣較稀薄、氣壓較小，超過海拔2000公尺就有可能產生高山症。急性高山症通常會有頭暈、頭痛、噁心嘔吐、疲累無力等症狀，嚴重時會引發腦水腫或肺水腫等致命問題。

上山後若遇到高山症反應，千萬不要勉強上行，立即往山下撤離是最好的處理方式。

要預防高山症可以透過用藥或高度適應兩種方式。預防高山症的藥品例如丹木斯（Diamox），可以在登山之前向家醫科醫師諮詢並請醫師開立適用藥物。

若能安排較長登山行程，就能做高度適應。放慢爬升速度，每天控制在600～800公尺左右的上升高度。可以先安排在中海拔過夜，再往高海拔前進。

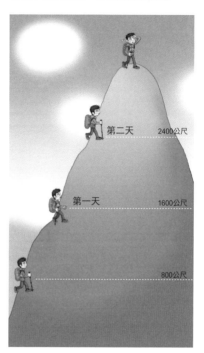

第二天　　2400公尺

第一天　　1600公尺

800公尺

登山是一種全身運動，如果沒有做好訓練就貿然上山，不只是傷害到自己健康，也會拖累團隊的行程與心情，請大家務必先做好準備唷！

背包
上肩！
出發！

石瀑區到了！
要下切囉！

石瀑區看上去
也很壯觀。

嘉明湖避難
山屋到了！

眾多山友齊
聚嘉明湖避
難山屋，好
熱鬧！

寝室也充滿笑聲，大家聊得好愉快！

我們申請到兩個營位。

這兩天晚上，我們都要睡這裡喔。

六人帳只有我們兩個女生睡，好寬敞！

啊～我肚子好餓……

聽說這裡入夜後可以看到水鹿喔！

真的假的？！好想看！

好耶！晚上來看水鹿！

啊不就好棒棒！

出現了！！
在那裡！！

小聲
一點！

？

臺灣水鹿是臺灣最大型的偶蹄目動物，屬臺灣特有亞種，目前多半棲息在海拔1000公尺以上的中高海拔原始林中。

牠們常在水源地附近活動，以樹葉和嫩草為食。

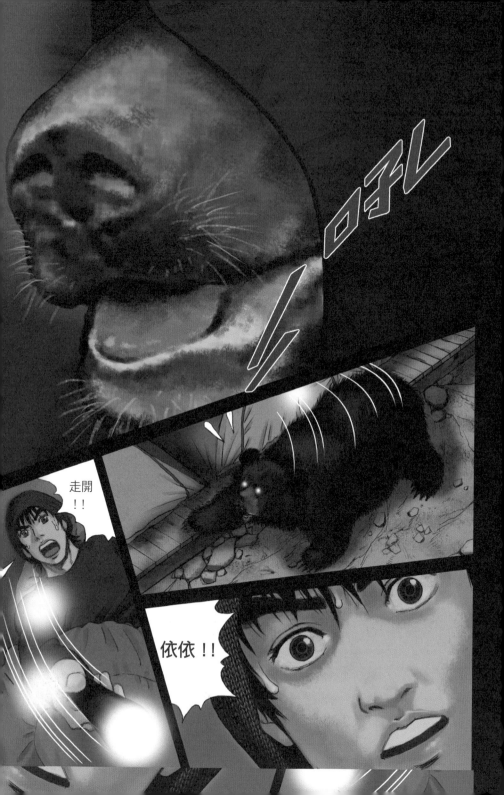

依依！！！

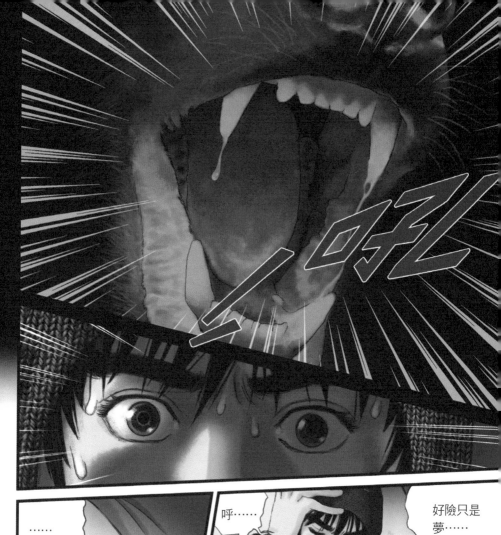

清晨的陽光格外耀眼，呼吸著冷冽的清新空氣，頭腦瞬間清醒⋯⋯

早安！

早啊！

昨晚睡得好嗎？

不太好⋯⋯

做了個惡夢⋯⋯

輕裝上肩囉！

來去嘉明湖！

三叉山，
3.7公里……

前面那座是向陽山北峰，我們還得經過三上三下的考驗啊……

呃……
三上三下……
聽起來很硬！

登山口往左邊是
三叉山，往右邊是
去嘉明湖。

我看網路消息
說，有人在這
裡拍到外星人
耶！

上面還有圖片
可以看到外星
人的長相……

透明的不明物體，
身形類似人類。
頭部像螳螂，手部
有蹼，身高約250
公分。

可是……為
什麼只拍到
一張照片而
已？

我哪知？

真的假的？

看到了！
就在左邊！

我是相信
有外星人
啦哈哈！

剩下1.5公里
就到嘉明湖
了！

你們走好快
唷！等我啦！

大智你快
一點！

三叉山的
第二個叉路
口到了。

只剩下
300公尺啦！

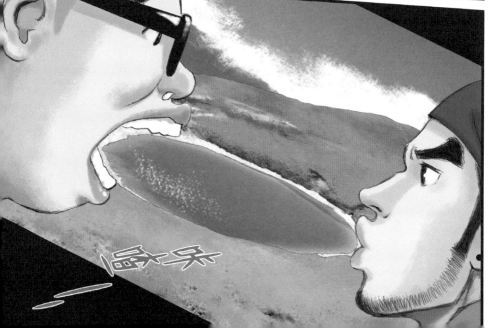

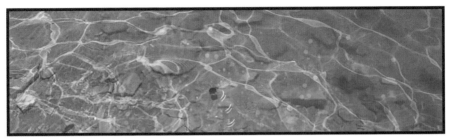

湖裡有小生物耶！

水好冰喔！

李岳，你在拍什麼啊？

呃……
拍風景啊。
怎麼了？

我⋯⋯我有事情
想跟你說⋯⋯

你知道我喜歡
李岳對吧？

嗯，大學的時候
就有感覺到了！

所以上次
我們在玉山頂
上合照時，你
才會那樣⋯⋯

嗯，你很善良，
又很大方！

我想⋯⋯或許
你們很適合⋯⋯

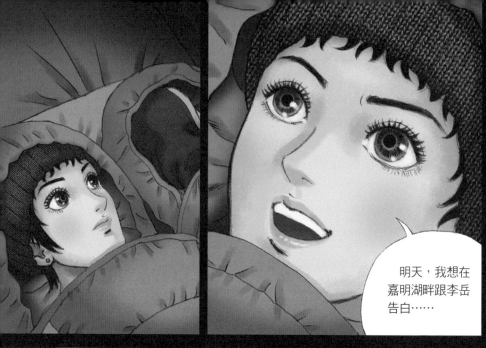

明天，我想在
嘉明湖畔跟李岳
告白……

那個
……

我……

你想說什麼
就說啊！

其實，我從
大二加入登
山社時……

就很喜歡
你了！！

阿岳！好像要變天了！我們要不要先轉去三叉山啊？

再見了，天使的眼淚！我下次再來看你唷！

又撿到
一顆百岳！
好開心啊
哈哈！

上帝遺落在人間的藍寶石，這天使的眼淚啊！
終於可以親炙那深烙人心的湛藍與清麗，
在翠綠大山的包圍下，
群峰百岳彷彿也一同呼應著你的美！

接下來，我們即將挑戰的是雪白的世界，
不要忘記先做好萬全的雪地登山準備啊，
一起為登上冬季的雪山而努力吧！

第三話

探訪白皚皚山之境──雪山

雪山登山路線圖

雪山北峰

凱蘭特昆山北峰

聖稜線

凱蘭特昆山

三六九山莊

北稜角
翠池

圈谷

第二觀景台

哭坡

七卡山莊

第一觀景台

登山口管制站

武陵農場

七家灣溪

黑森林

雪山

雪山東峰

雪山南峰

志佳陽大山

雪霸國家公園警察隊

雪霸國家公園遊客中心

往環山部落

往台七甲公路

W · E
N
S

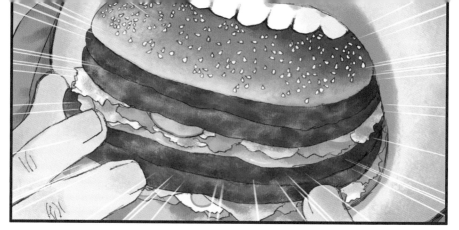

我們就決定聖誕節前去爬雪山主峰和東峰！

在下雪的山上過聖誕節，真浪漫～

哇～在三六九山莊過節，好棒喔！

心歆，你也要一起來喔。

喔……好的……

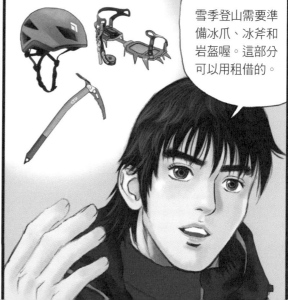

雪季登山需要準備冰爪、冰斧和岩盔喔。這部分可以用租借的。

李岳！

我們之前去合歡山上的初級雪訓課程終於派上用場了！

有雪地經驗再上山比較安全啦！

學長，好久不見！

真的好巧，居然在這裡遇見學長！

剛剛聽你們說到要去雪山，畢業後還有繼續爬山喔？

對啊，隔一陣子沒爬，最近重新開始。

啊好巧，我也正準備要去爬中橫四辣之一的屏風山。

學長你們是自己組隊去嗎？還是跟團？

我當然是自己去啊！

獨攀？

不要吧？！

學長，一個人去爬山……不太好吧？

唉唷！我又不是第一次一個人去……哈哈！

兩週後，在武陵農場登山口和熱情山友們相見歡，我們辦理好入山手續後出發！當時氣溫只有七度，挺冷的……

雪山登山口的大水池真的好特別。

這個登山口是熱門景點喔！

出發，目標是2K的七卡山莊！

是山羌！

才走沒多久就看到野生動物，好棒！

好可愛！

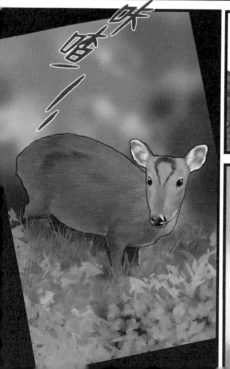

小聲一點，不要嚇到牠。

走吧！

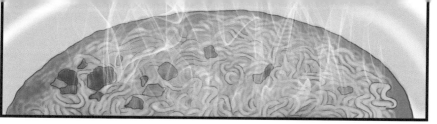

天氣這麼冷，吃碗泡麵最享受了！

我只帶了麵包，想吃泡麵……

我先吃一口！

阿揚！

我也是……

阿岳我也要！

你留點湯給我啦！

可惡！我的泡麵被你們吃光了！

哈哈，他們三個……

拍謝拍謝啦！

雪山東峰看得到雪嗎？

有可能，這幾天好冷……

新聞有報導……

玉山昨天下雪了！

小心這裡的倒木！

走囉！

中央尖山！

這一路上有中央山脈的北一段陪伴著我們。

中央尖山，三尖之一！

左邊這座是南湖大山。

到哭坡觀景台了，大家休息一下。

阿岳，那座尖尖的是什麼山啊？

南湖大山，五嶽之一。

我們再一一挑戰，累積經驗。

哈哈，山永遠都在，準備好了再出發！

GO！

大智，你帶那麼多零食喔？

哈哈，我怕肚子餓啦！

先喝溫開水，好冷喔……

這裡也叫哭坡。

對啊，聽說沒想像中那麼累……

已經有一層薄薄的雪了。

海拔越高，氣溫越低，我們一定可以看得到雪。

好期待唷！

我在溫哥華時也有雪季登山的經驗。

剪刀、石頭、布！

我輸了啊～～

哭坡由大智領頭。

大智，我們跟著你走喔！

大智帥喔！

大智加油！

大智你OK的！

沒問題！大家跟我走！

迎向哭坡的挑戰，走囉！

衝衝衝啦！

一路挺進不要停！

一鼓作氣衝上去！

大家加油吧！！！

陡上再陡上……

呼！

呼！

小心頭喔！

大智認真起來也很有氣勢呢！

真的耶！好讚！

用力往上爬！

大家跟上喔。

最後衝刺了！！

大智，還好嗎？

上坡已經走完了嗎？

這樣就結束了！？

大智厲害唷！

差點跟不上⋯⋯

大智好棒棒！

我們通過哭坡了⋯⋯

好美的玉山圓柏⋯⋯

左邊雪山主峰和北稜角都積雪了！

哈！右下角是三六九山莊！

南湖大山和中央尖也積雪了！

這個展望點真棒！

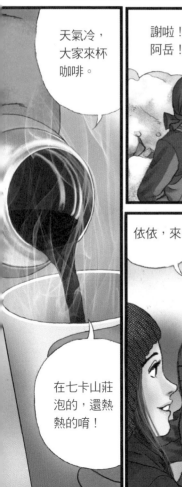

天氣冷，大家來杯咖啡。

在七卡山莊泡的，還熱熱的唷！

謝啦！阿岳！

來，心歆……

謝謝！

依依，來！

這樣手比較暖和……

好溫暖。

高山動植物生態

許多人登高山除了挑戰自我之外,與低海拔及平地截然不同的自然景觀,也總讓人想一再的親身體驗山林之美與大山綿延的景致。

在登山前,如果能對高山的自然生態做一點功課,多一點認識,在漫長爬升的過程中,也可以增加更多特別的自然體驗與感動喔。

高山植物

臺灣因為特殊的地理環境,擁有兩百多座3000公尺以上的高山,成為植物豐富性極高的地方。隨著海拔上升,可以看到不同類群植物的分布變化。2800公尺左右可見到高聳的喬木林,如冷杉與鐵杉;再往更高處就會看到玉山箭竹與玉山圓柏組成的灌叢。

一般所謂高山植物,其實指的分布是「森林界線」以上的植物,因為氣候地質等因素,大型喬木無法生存,這區域就成為低矮箭竹灌叢與草花的天地。

玉山薄雪草

臺灣高山植物常接收到更強的紫外線,植物體會產生較多花青素與類胡蘿蔔素來代謝紫外線,因此花朵顏色特別鮮豔,也更能吸引昆蟲駐足。臺灣的高山也因為地理環境位置的關係,擁有很高比例的特有種,這些都是臺灣很珍貴的自然寶藏。

下次登百岳時,遇到美麗的草花植物不妨停下腳步欣賞一下,無論是玉山龍膽、阿里山龍膽、玉山杜鵑、紅毛杜鵑、塔塔加薊、玉山薄雪草等等,都是山中美麗的存在。

紅毛杜鵑

高山動物

臺灣山區因為較少開發，中高海拔的森林與灌叢就成為許多動物的庇護所，但高山氣候較為寒冷，相對來說動物的種類數也較中海拔地區少了一些。

在高山地區許多鳥類都有著美麗的身影或嘹亮的歌喉，如金翼白眉、酒紅朱雀、岩鷚等等。也有一些特別的爬蟲類，如雪山草蜥、臺灣蜓蜥。昆蟲的種類與數量相對來說較多，但與中低海拔相較

也少了許多。

高山草原區的哺乳動物通常體型較小，如高山白腹鼠、華南鼬鼠，而其他較大型哺乳動物如水鹿、長鬃山羊、臺灣黑熊等等，多半棲息在2500公尺左右山區。通常是夜晚紮營在中海拔地區或山屋附近，較有機會看到，另外也可以留意一下樹上是否有白面鼯鼠的蹤影。

看到這些動物時，也記得千萬不要打擾或驚嚇到牠們喔！

臺灣黑熊

華南鼬鼠

雪山草蜥

白面鼯鼠

長鬃山羊

酒紅朱雀

登山過程中，觀察到的是最接近自然的山林樣態。從中海拔到高海拔的多樣變化，是臺灣很獨特也很值得驕傲的生態展現。往山頂前進的過程，除了超越自己之外，如果能對臺灣的植物與動物更多一些感受、關懷與愛護，這樣的美景才有機會一直永續下去唷！

山莊到了！

山莊裡住滿了熱情的山友，今晚將一起度過平安夜！

三六九山莊

終於到了，辛苦囉！

休息一下，晚餐準備中。

讚喔！

等一下分配床鋪。先休息一下，晚餐吃火鍋。

好耶！太棒了！！

依依……
我有話跟
你說……

嗯……

不好意思，
這麼冷還找
你出來。

沒關
係。

……

現在到底
是零下幾
度啊？

嗯，好
冷呢！

其實，那是我第
一次鼓起勇氣告
白，但沒想到結
果是這樣……

……

心歆⋯⋯

感情的事很難說，他也沒有說不喜歡你啊。

⋯⋯

依依你說得對！

前幾天李岳有LINE我說，他考慮之後⋯⋯

願意和我試著交往看看⋯⋯

阿岳早
啊……

阿揚早！

呼，好
冷！太陽
快出來了
吧……

對了，你昨
天有沒有發
現心歆好像
怪怪的？

你們之間有
發生什麼事
嗎？

有嗎？
心歆怎麼了？

158

少來了！

我猜……她是在嘉明湖跟你告白被打槍了吧？

你怎麼知道她跟我告白？

吼，我明察秋毫好嗎？

我是跟她說，我現在不想談感情，只想爬山……

這樣算是明確拒絕了吧……

但你沒說死啊！不太好吧……你心裡還有依依？

你們看，很多植物都結冰了！好美～

隨著步伐的前進，雪山圈谷漸漸的映入眼簾……

繼續
往主峰
前進！！

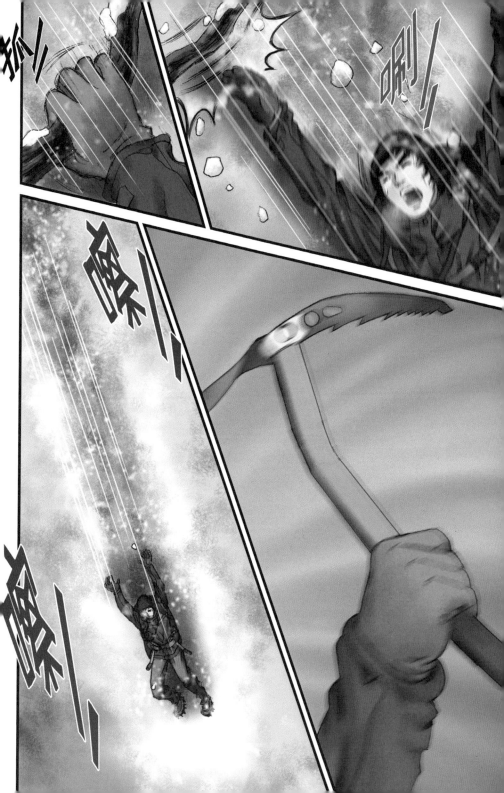

登上冬季的雪山主峰，
右側北稜角氣勢磅礡，
綿延的聖稜線與圈谷景致，
都是臺灣高山的代表美景……

希望能夠一直、一直往山裡去，
與朋友們一起，繼續挑戰自我，
並且更親近這塊土地……

糟糕，走了
三小時……

還找不到
路……

救命啊……

媽媽……

一起，往山裡走去……
還有好幾座百岳
在那裡等著我，和你……

超嶽
① 從心開始的巔峰之旅

作者／莊河源

主編／林孜懃
編輯協力／陳懿文
美術設計／陳春惠
行銷企劃／舒意雯
出版一部總編輯暨總監／王明雪

發行人／王榮文
出版發行／遠流出版事業股份有限公司
地址／臺北市南昌路二段81號6樓
電話／（02）2392-6899　傳真／（02）2392-6658　郵撥／0189456-1
著作權顧問／蕭雄淋律師
□2021年2月1日　初版一刷

Ｙｌ 遠流博識網　http://www.ylib.com　E-mail: ylib@ylib.com
遠流粉絲團　https://www.facebook.com/ylibfans

本書由 文化部 MINISTRY OF CULTURE 補助出版